すばらしくも
すばらしくなくもない
かたまりを

杉本 大すけ

文芸社

目次

祈《き》美《み》

I

僕を　否定する言葉が１００個あって
僕を　正当化する言葉が１００個あって
　そのどれもが　不必要な空間があって

いつか　消えてしまうかもしれないぬくもりがあって
いつまで続くかわからない悲しみがあって
　そのどれもが　幸せと呼べる空間があって

覚えていて欲しい　ずっと　つかまえていて欲しい
あの感覚
信じていて欲しい　思い込んでいて欲しい
それ以外は他にないことを

君を　否定する言葉を１００個さがして
君を　正当化する言葉を１００個つくって
　どれもこれも　不必要な空間があって

うそをつかなきゃいけない時を悔いて
うそをつけなかったことを悔いて
　どれもこれも　包まれる瞳があって

覚えていて欲しい　ずっと　にぎっていて欲しい
あの言葉
忘れないでいて欲しい　何度でも　もどって来て欲しい
それ以外の言葉はどこにもないのだと

忘れられない　感覚たちが　さわぎだす
独りきりの　ものにしないでね
確かめることは出来なくても
それが唯一の共有だってことを
思い込ませて

2

僕の価値を
毎日毎日
確認して……

僕の価値を
毎日毎日
言葉にして……

それも

たった一人で考えて
どんな権威にもよらず
君の
たった一つの感覚で
感じて

僕がこの世でたった一つしかないことに気付いて……

僕が誰と同じ言葉をしゃべっても
すべて区別される……
宇宙空間にたった一つ浮かぶむなしいかたまりに

気付いて……

3

すごく
執着した価値があって
それなしでは
自分に意味を感じなくて
でも
求めれば求めるほど
失っていくから
すごく
疲れてしまって

すごく
自分に課したものがあって
その達成なしでは
自分に意味を感じない気がして

でも
どんなにがんばっても
できないことがあって……

少し
異常かもしれない自己顕示欲に
あなたが傷つくまで……

4

この不安定からくる貪欲さが
愛されたいものの前で明るみになる
そこに愛したい感情はなくて

欠如した感覚を埋めるものを
必死で探していた
気付けば君の中に

僕の偽りの強さ　守るふりした声を
君が見抜けばいいと　思った

もしもこの欲求が不健全なら
僕の存在自体に疑惑がつのる
だけど幸せを信じてることは変わりはしない

欠如した感覚に
君が一瞬触れた気がしてた
僕の弱さの妄想かな

欲しい　許される温度　僕が僕でいいと
僕以外の存在を探してた

5

あなたが　僕の名前を呼んでくれるのが　とてもうれしかった

6

君という価値に執着しすぎて
ただ排他的になってしまった罪を……

君という価値に執着しすぎて
愚かに弱くなっていった罪を……

それが今を形作る一部を担っていることを

7

この弱さが
この欠如が
君への依存を深めようとする
そして君がそれを受け入れないことで
バランスが保たれる

僕は時々依存を嫌い
孤独の強さを発揮する

もしそれが打ち砕かれた時
戻る場所でいてくれたら

それだけで
それだけでいいから
僕を見捨てないでいてください

って
やっぱり思ってしまう

8

何も怖くない
何も怖くない……

あなたがとても自然だから
僕がとても自然だから……

正しくも間違ってもいなくて
醜くも美しくもなくて……

だから

何も怖くない
何も怖くない

あなたが自然の一部であって
僕が自然の一部であって……

何の意味もなくて　何か意味に溢れていて
何の価値もなくて　何か価値に溢れていて

だから

何も怖くない
何も怖くない……

9

この醜さも
自然の一部だって
笑い飛ばしてよ

この愚かさを
気まぐれな風の一つだって
笑い飛ばしてよ

このかたまりへの執着だって
君が笑っている時は
どこかへいっちゃうんだから

10

単純すぎる僕の思考

君の否定的側面をいくら知っても
それでも君を世界唯一の価値だと思い込み続けようとしたのは

愛されたいから愛した……
見捨てられたくなかったから見捨てなかった……

君を

自分と重ねた

自分と同一視した
愚かな僕の思考
結局は自分というつまらない結末

だけどずっと後で
自分を愛することはとても大切だって知る

君という存在が
自分を愛せるようになるための役割を担う一要素だったとしても
君が

世界唯一の価値だっていう思い込みは
もう消えないくらいに刻まれてる

その単純すぎる僕の思考は
もうずっと奥深くに
根付いてしまったんだ

II

優越感が欲しい？
優越感が身を守る？
優越感に執着しそうだ？

不安定な自我を保つ優越感？
権力が必要だって……

戦う場所があることは
いいことだと思う

そのかわり戦わない場所も欲しいんだよ
そこには絶対あなたがいる

巧みな言葉が優越感をつくりだす
巧みな生き方が優越感を生みだして
少しずつ少しずつ生きるのが楽になっていく
呼吸するのが楽になっていく

でも

そのすべてを失っても
やっぱり僕は存在するから……

それだけは
あなたに覚えておいて欲しいんだ……

12

あなたが私を愛してくれないから
私の醜い自己顕示欲は日に日にとがっていくばかり

あなたが私の姿を見てくれないから
私の醜い裸は日に日に汚れていくばかり

あなたが私の声を聞いてくれないから
私の言葉は日に日に意味を失っていくばかり

あなたが私を感じてくれないから
私の呼吸は日に日に小さくなっていくばかり

あなたが私を愛してくれないから
私の醜い自己顕示欲は日に日にとがっていくばかり

13

かつては君のいない空間を
どんなに無意味に感じたろう
かつては君のいない空間で
どんなに神様を憎んだろう

もうこんなにも慣れたリズムを刻んでる僕は
こんなにもつまらないほど冷静になってしまった僕を
かつての僕とのつながりの中で見て

かつては君のいない生活を
どんなに空虚に感じたろう
かつては君のいない毎日を
誰のせいにしてきたろう

一人で立ってこんなに強そうに生きている僕を
こんなにもつまらないほど動揺しない僕を
変わらないめで見てください

14

ずっととどめつづけるんだ
美しさ消えても……
僕の意識がつづく限り
僕の意志が働く限り
ずっととどめつづけるんだ
美しさ消えても……

僕の意識が消えない限り
僕の意志が消えない限り

それはずっと美しい……
それはずっと美しい……

15

僕がした悪いことを
僕がしたことだと
受け止めてください

僕のゆがんだ自己顕示欲が
僕を突き動かし
やっぱり僕を示そうとした

僕がした悪いことが
君を受け入れない世界を作り上げたことを
記憶していてください

僕は僕だけで
成り立つことは出来ないのだから

僕は醜く
有償的な愛を貪欲に求め
たどりつきたいところから離れてしまった
僕はバカだ

それでも…
それを僕だと言って欲しい
それを僕だと言って欲しいのです

16

もう一度君と出会ったら
消えてゆく鎧《よろい》
もう一度君と出会ったら
溶けてゆく鉄

守り続け
孤立していった
幼い力も
いつか
いつか
きっと出会える

17

本当の本当は

僕が君の生活から消えたら
君が狂ってしまうことを期待してた
僕を必要絶対不可欠としていて欲しかった

本当の本当は

こんなにも社会適応した自分を憎むこともある
なぜ崩壊する直前で僕はそれを躊躇《ちゅうちょ》したのだろう
僕は今なぜまともなのだろう

そのこたえは知っている

僕はただ言葉でこたえを探し見つけたつもりだけど

僕は強くなったのか
それともただの抑圧好きになったのか
人に否定されない自分を作り上げただけなのか
わけがわからなくなる

本当の本当は

本当の本当を探せば探すほど
僕が僕でなくなる気もしている

18

幸せじゃない時の思考を
　　していた

好きな自分と
好きじゃない自分がいて
好きじゃない自分に支配される時も

社会的に肯定されることが多いから
そのまま行っちゃったりするけれど

君が教えてくれた何も怖くない世界があって
それをずっと否定したくない僕がいて

今それを
静かに確認してる
ゆっくり確認してる

19

思い出していた

こんな自分にも

果てしなく自分以外の存在の幸福を祈った瞬間を

そして

それからその瞬間を裏切るたくさんのことをしてきたことを

でもいつだって忘れない
どんなに汚れても
どんなにうまくなっても
僕をかたちづくった
果てしない感覚
それを与えてくれた人
それが今に続いていること

20

僕が僕で在り続けるだけ
君の瞳がなくても
僕が僕で在り続けるだけ

失ったものは
僕が手ばなしただけのこと

愛されるために変化させる主体など

原型を忘れていくだけ

だから

僕が僕で在り続けるだけ

僕はこの中心から踏み外さないでいるだけ

母《ぼ》苦《く》

I

愛されるために弱くなった
醜い魂を　もっともっと……

憎んで　憎んで
いつか
守るべき　瞳の
強さを　手にするなら……

愛されるためにダメになった
醜い魂が　かつて

示した　示した
価値を
誰かが　　気付くまで
変わらずにいれたなら……

愛されるために強くなった
幼いままの瞳をずっと……
示して　示して
強がりでも
あなたが　　気付くまで
変わらずにいるから

2

神様見つけた……

あのころ

愛されていなければ愛せないと思い込んでた

じゃあ

一番初めに愛するのはどんな独りぼっちな人なの？

それが神様？

でもどこを探しても神様はいない……

だれも返事をしない……

不確かさだけが残る

今は

一番初めにある愛は

「存在」していること、と

思うようになった

僕が存在してる
この世が存在してる
それが神様
それが最初にあるもの

神様見つけた……

3

誰かが感じる醜さと
僕が感じる醜さは
その対象は一緒で
そんなに違う感覚なわけではない

だけど
僕が
それを好きか好きでないか
自覚してなくちゃならない

僕が好きな醜さが
もし疎外された感覚であっても

僕が
それを感じるんだ
僕が感じるんだ
僕のこの感覚は
人の感覚ではないことを……

4

強さを
与える

与えることは
なくすことではなく
犠牲にすることでもなく

僕が与える

与えさせていただく

この汚れのまま
この醜さのまま
僕はそれを前よりも少し好きになって

このかたまりを
まるで償うように
まるで感謝するように

与えさせていただく

5

母親というのが
自分の原初的な心を形作るというけれど
自分もまた
母親である

自分もまた
誰かの原初的なイメージを形作る可能性をもった
ひとりの母親である

6

冷静な時
精神的にいい時に求めたものと
精神的に悪い時に求めたものなら
いい時に求めたものを求めようと思うのに

どうしてなんですか？

悪い時に求めたものの執着から逃れられない

逃避のために
繰り返し繰り返しイメージした

その癖がなかなか抜けない

不幸な思考に陥りそうな時の僕を
そっと肯定してくれることを願っている？
寂しい時の子どものように

ただ貪欲なだけ
って自分を戒めてみる

執着してしまった価値から
離れられるのかな？

7

普通じゃないことをしたかった
いままでささやかながらしてきた
僕が僕でいいんだという感覚がなかったから
僕を確認するために
僕は普通じゃないことをしたかった

どこかにたどり着くことを想像していた
そのナルシシズムも
まだ続いてたりする

この否定語の多い世界で
僕は僕を守るために僕を歪めていく
誰にも否定されたくない
というナルシシズムは誰だってもっているはずさ
だから
忘れられない子どもを抱えて
僕はこんな風に夢想家を正当化しながら
しゃべり続けてる

8

この醜いかもしれない自己顕示欲を

最後まで見ていて……

ただ

自分の欲求を何度も確認して　それに素直になろうとしただけの

この醜いかもしれない自己顕示欲を
　最後まで見ていて……

ただ
ありのままのすがたを追求しただけの……心を裸にしようとしただけの

この醜いかもしれない自己顕示欲を
　最期まで見ていて……

9

消えてしまう前に
表現する
それを生成し続ける
いや　勝手に生成され続けるから
消えてしまう前に
表現する

その一貫性のない生成物に
自分らしさを確認し

また

消えてしまう前に

表現し続ける

10

愛されるために弱くなることも
愛されて弱くなることも
行き着くところは同じ

そして気付いたんだ

愛されたいという自分の欲求の認識を深めるほど
誰かを愛せるかもしれない

愛されるために弱くなる自分は
本当に愛されたいという自分の欲求から目をそらしている

愛されたいという自分の欲求を直視すればするほど
もっと強くなれる
もっと強くなりたいという欲求が勝手に湧き上がってくる

11

雨が降りすぎたあとに広がる
大きな大きな青い空

風が吹きすぎたあとに残る
どこまでも広がる静寂

自分を否定しすぎたあとに残る
大きな大きな肯定

君を否定しすぎたあとに残る
大きな大きな肯定

それを信じるのは

言い訳かな?

でもそれを信じなきゃ

前に進めない

12

すばらしい価値と
すばらしくない価値があるのではなく
ただそこに存在して
ただあるだけで
そこに感覚する僕がいて
そこに感覚するあなたがいて

たとえ
すばらしい価値と
すばらしくない価値があっても

ただ独りぼっちで
ただ孤独に
　判断するすばらしくない価値があって

ただ孤独に
　判断する一個だから

そのことは
どうか忘れないでいてね

尊《そん》罪《ざい》

I

僕を保つのは……
僕を保つのは……

いつ崩れてもおかしくない
僕を保つのは

どんな優越感？
どんな理屈？
どんな思い込み？
どんな期待？

欲望の源泉に僕を連れて行こうとする
失ったものの亡霊は
僕に見せようとする
僕に気付かそうとする

そこには赤ん坊の僕がいて
叫んでいる　求めている

今じゃその声を理解できるようになってしまって……
いつ引き戻されてもおかしくないのさ

それでも
僕を保とうとするものは……

2

他人の目や口に過剰に敏感になって生まれる不安という感情ほど
無意味なものはないと
他人の動向に大きく左右されてしまっては
意味がない
ここにいることの意味なんて
そんなこと考えている時だけわかってなくて

夢中な時ほどわかってるんだ
不安も恐れも悪魔のまやかしだから
僕は子どものままでいいんだ
ホントに大切なとこは
子どものままでいいんだ
他人の目や口に過剰に敏感になって生まれる不安という感情ほど
無意味なものはないから

3

自分の弱さに打ちひしがれている時
自分がとても弱いかたまりだと絶望する時
そんな時は
本当は自分の弱さに対する認識が足りてない

いくら自信を持とうと言い聞かせても自信が持てない時
なぜもっと自信を持って行動できないんだと自分を責める時
そんな時は
本当は自分の自信のなさに対する認識が足りてない

ダメな時ほど僕は
もっと自分を知ろうとしなければならない

4

他人が意味付けた自分と
自分が意味付けた自分と
愛されたかった人が意味付けた自分と

他人にいだかれたかった自分のイメージと
自分がいだいていた自分のイメージと
愛されたかった人にいだかれたかった自分のイメージと

どれが考える必要がなくて
どれが夢で
どれが現実で
どれが優先されることか
僕にはわかるはずだから

僕が目を覚ませば
わかるはずだから

5

一個だと思い込むからそんなに苦しむんだ
その存在の形成に
記憶にあるすべての人や事が関わっているのだから

だから

それは疎外された一個なんじゃない
それは存在している一部だから
それはやさしい孤独だ

6

好きじゃない自分が好きになる人は
本当には好きじゃない

その幻から
その依存から
その弱さから救い出せるのは
自分を愛せる力だから

僕は自分を好きになっていく
だんだんと
このあがきの中で
僕はだんだん自分を好きになっていく

そして

だんだんと
自分と他人の区別以前の
未分化な熱に気付けるのなら
僕はもう愛なんかに執着することはない
原初的に欠如した感覚など
それも一部だって笑える

7

僕が執着してしまった価値から
離れることで救われるかもしれないことを
うすうす感じている

それってどういうことだろう？

その価値を忘れるってこと？
僕がそれを見捨てるってこと？
それともよくとらえれば
未分化な状態に戻るってこと？

君と僕
っていう区別自体が
人が勝手に作った価値基準で
それが自分を苦しめているなら……

子どものころは主客未分で
そしてそんな子どもが人を幸せにした

分類系統化された認識の中で
幸せになることを試みたけど
それじゃダメなのかもしれない
それは価値優越が幸せととらえられて発展するだけ？

そんな
僕が執着してしまった価値が
勝手な幻想だとして
この感情も
ただのナルシシズムだとして
それが醜くても
間違っていても

今までのことは

否定したくない

する必要もないほど
僕は最初に得た熱になれるから

8

本当は
幸福と不幸を区別した二元論自体妄想なら

肯定と否定の区別自体

実在と非実在の区別自体

ただ貪欲なこのかたまりへの執着が生み出した弊害

自分の正当性を求める無意識が作り出した規則

僕が考えることは正しいか間違っているかとかじゃなくて

僕はただただ意味付けていく主体だから

僕が変化するのだから

9

不安定な日は
目をつむって
時が過ぎるのを待とう

不安定な日は
後も前も見ずに
欲求も無視して
ただ時が過ぎるのを待とう

ステキな日に
考えたことを
ステキな日に

感じたことを
僕の本当の欲求だと
僕の本当の目的だと
そう思い込んで生きてゆくんだ

不安定な日は
目をつむって
時が過ぎるのを待とう

10

思い込んでいた価値を失ったら
空を見上げればいい

僕が忘れていたすばらしい価値が
いつだって優しくそこにあることに気付く

思い込んでいた価値を失ったら
海を見にいけばいい

僕が忘れていたすばらしい価値が
こんなにも孤独を癒してくれることに気付く

思い込んでいた価値を失ったら
身近な人を思い浮かべればいい

そして
その人の新しい価値を探せばいい

もしもそれを発見できたのならば

自分も何も失ってなくて
ここに存在できていることに気付けるんだ

II

ここに在る自分を
まったく新しい自分だって感じてみる

過去からも
どんな社会的基準からも
全部切り離されとところに自分が在るって
感じてみる

ここにいる自分を
まったく新しい自分だって感じてみる

すべてのしがらみから
　社会から
　自然から
切り離されたところにも自分が存在するって感じてみたら

すべてのしがらみの中を
　社会の中を
　自然の中を
そこで生きる自分も
　　けっこう愛せる

ここにいる自分は
まったく新しい自分かもしれない

過去からも
どんな社会的基準に規定される自分から切り離されたところにも
僕は存在するから

だから
どちらも
きっと愛せる

12

もしも
優越感と劣等感の狭間から抜け出して
もしも
すばらしいこととすばらしくないことの狭間から抜け出して
もしも
美しさと醜さの狭間から抜け出して
もしも
強さと弱さの狭間から抜け出して

あなたともう一度出会えたら……

子どもの声で名前が呼べる
何も恐れずに笑える
何も怖くない世界が広がる

もしも
すばらしいこととすばらしくないことの狭間から抜け出して

あなたともう一度出会えたら

すばらしくも　すばらしくなくもない　かたまりを

2004年６月15日　初版第１刷発行

著　者　杉本 大すけ
発行者　瓜谷 綱延
発行所　株式会社文芸社
〒160-0022　東京都新宿区新宿１－10－１
電話　03-5369-3060（編集）
03-5369-2299（販売）

印刷所　神谷印刷株式会社

ISBN4-8355-7526-1 C0092